しあわせまでの深呼吸。

ようこそ、コトノハの森へ。

ココロだって生きているから、
ときどき酸素が足りなくなる。

雨をしのぐ木陰や、
飢えをしのぐ蜜が欲しくなる。

そんなときは、小さなコトバの樹の下で、
すこし休んでいきませんか。

得体の知れないものは怖いから、

わからないものは恐ろしいから、

木や、鳥や、出会ったすべてのものに、

人は名前をつけていきました。

いま胸のなかにあるモヤモヤも、

そんなふうに、コトバに変えてみればいい。

そもそもね、

人は根を張ることのできない生き物なんだから、

ときどき不安定になるのは、

仕方ないこと。

キヅキの樹

大丈夫。

のんびり生きていれば、
ある日とつぜん気づくもの。
わたしはわたしのままで
いいのかもしれないって。

ひねくれてても、

ねじまがってても、

つきぬけてしまえば人気者。

楽しいフリしてるうちに、

楽しくなっちゃうもんですよ。

人生って、自分自身を裏切る旅。

自分を探してる？

そこにいるのは、あなたじゃないんですか？

キヅキの樹

着飾ったあなたこそ、

本当のあなたなのかもしれない。

白黒つけろと言いますが、

あいまいな時間ほど美しい。

年輪を

誇るような生き方をしたいものです。

誰かのことが憎くてたまらないときは

まだエネルギーがあるって証拠でしょ。

キ ヅ キ の 樹

ゴウゴウ叫ぶより、

ソヨソヨささやくほうが、

案外ひとは聞いてくれる。

砂漠にも咲くバラがあるのなら、

乾ききったこのココロにも、

なにか　芽生えるのでしょうか。

キ セ キ の 樹

昔、自らの血で、

ひとの傷を癒《いや》す竜がいました。

その竜は、木の姿をしていて、
ドラゴンブラッドツリーと呼ばれました。

ドラゴンの血は、やがて人々の万能薬になりました。

ドラゴンはエライ。
ドラゴンはスゴイ。

いまわたしのココロに流れる血は、
なんの役にも立たないのに。

なんだかヒリヒリ痛い夜には、

探しにいこう。

自分だけのドラゴンブラッドツリー。

キ ズ ナ の 樹

いつも間違えてしまうけど、
カラダがそばにいることと
ココロがそばにいることは、

おなじことではないんだね。

愛に約束なんていらない。

と、あなたは言うけれど、

約束が愛を深めることもあるんだよ。

キズナの樹

毒があるとわかっているから、

よけいに甘い蜜なのです。

ふれあってるんだから、

傷ついて当然じゃないですか。

誰も愛してくれないなら、

誰にもジャマされず、
がんばるチャンスかもしれない。

何万冊の本を読んで、
何万本の映画をみて、
世界中を旅していたとしても、

ひとりの誰かと向き合わないと、
わからないことって、
あるものです。

しあわせだった記憶に縛られてしまう不幸もある。

しあわせになりたいことと、

誰かとおなじでいたいことを、

一緒にしちゃっていませんか？

誰かをつなぎとめる方法は、

手を離してみること。

だったりする。

どうしてもあの人じゃなきゃ、
あの人がいないと死んでしまう。

なんて思っていたとしても、

また人は誰かと出会って、
恋をする。

この広い広い地球のなかで、

どうして私たちは、

恋する生命に生まれたんだろう。

キズだらけの樹

すこし傷ついたところから、

新しいわたしは生まれます。

ときどきは、

なにかを後悔するぐらいでないと、

生きている意味なんてないかもしれない。

キ ズ だ ら け の 樹

ふしぎだね。
弱さって、隠せば隠すほどよくみえる。

さらけだすと、みえなくなる。

苦しいときは、考えてみよう。

それが、

何も生まない苦しみなのか、

キズだらけの樹

何かを生み出す苦しみなのか。

つらくて、おしつぶされて、
自由に笑えないくらいなら、

そこから離れてしまいましょう。

キ ズ だ ら け の 樹

深い孤独に耐えたから、

美しくなれたものもある。

キ ズ だ ら け の 樹

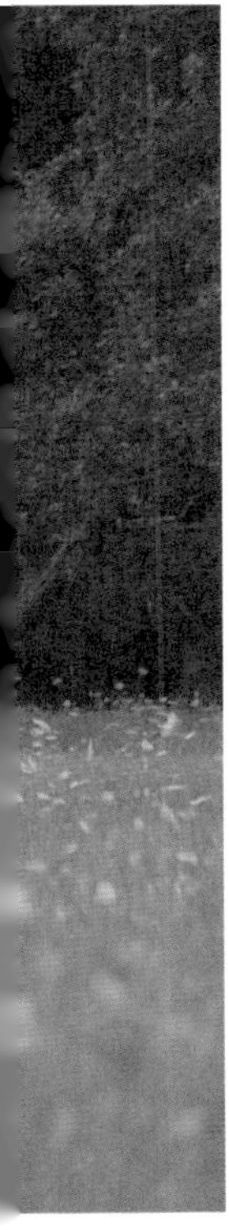

ひとりがさびしくて、

ふたりがしあわせ、なんて、

いったい誰が決めたんですか？

誰かと一緒でも、

さびしい夜はやってくるから。

わかってもらおうなんて思わなければ、

わかってほしくて泣く必要もないのにね。

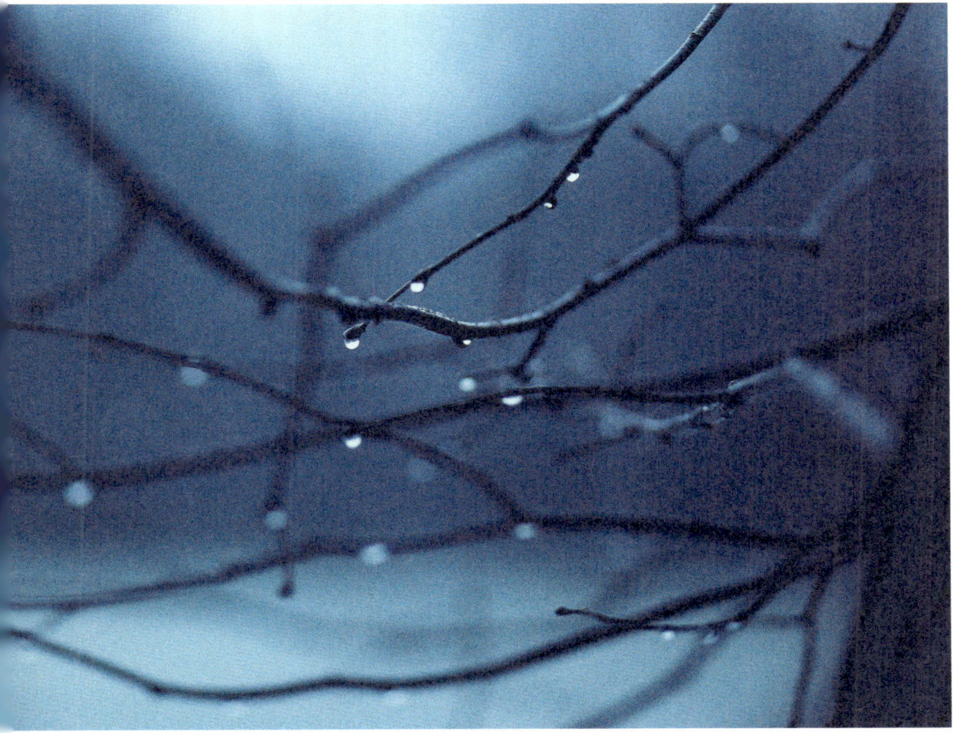

キボウの樹

希望って、

明日も朝がやってくること。

夢？ 計画？ 目標？

ただまっすぐ伸びてるだけですから。

やってみよう。

やってみてから、途中でやめたりすればいい。

どうしていつも忘れてしまうんだろう。

生きていることの奇跡を。

100%の正義も、
100%の悪も、
どこにも存在していない。

深い深い宇宙にも似た、
生きものの神秘がそこにある。

なんのことかって？

あなたの住んでる　人間の世界のお話ですよ。

こやま淳子（こやまじゅんこ）

京都生まれ。早稲田大学商学部卒業後、コピーライターへ。博報堂を経て2010年独立。広告コピーを中心に、さまざまな分野のコトバに関わる仕事に従事する。著書『choo choo日和』シリーズ（メディアファクトリー）。東京コピーライターズクラブ（TCC）会員。

本文写真／アフロ
p06,13,14~15,25,27,28,34~35,41,47,48,49,53,54,57,64,72~73,89,90,93

Getty Images
p05,17,19,20,23,51,63,68,76,79,81,87

amanaimages
p09,42,45,59,85

corbis/amanaimages
p31

しあわせまでの深呼吸。

文　／こやま淳子

発行所　／株式会社二見書房
東京都千代田区三崎町2-18-11
電話　03-3515-2311（営業）
　　　03-3515-2313（編集）
振替　00170-4-2639

装丁　／ヤマシタツトム
カバー写真　／角田明子
編集　／尾髙純子

印刷・製本　／図書印刷株式会社

乱丁・落丁本はお取り替えいたします。
定価はカバーに表示してあります。

ISBN978-4-576-13162-7
http://www.futami.co.jp